El alumno

. . . .

está oficialmente inscrito
en la lección nº 2
que se dará en nuestra
Escuela de CazaDragones

el Director

Mordred el Maravilloso

$\mathfrak{C}\mathfrak{D}$

La Escuela de CazaDragones

Se complace en presentaros a sus mejores estudiantes. Estos chicos han obtenido las notas más altas en todas las materias y están preparados para cazar los dragones más feroces. ¡Los profesores están orgullosos de ellos!

Wiglaf de Pinwick

Rasgos especiales: bajo, muy bajo
Cualidades: Daisy, su cerdita
Defectos: tiene el valor de un conejo
Materias preferidas: «¿Puede repetir la pregunta?»
Afición: meterse en líos
Frase preferida: «¡Auxilio!»
Dragones cazados: dos, pero por casualidad
Sueña con: ser un héroe

Eric el Terrible

Rasgos especiales: empollón
Cualidades: todas
Defectos: ninguno
Materias preferidas: ¡¡¡todas!!!
Afición: Club de Fans de Sir Lancelot
Frase preferida: «¡Ríndete, dragón!»
Dragones cazados: bueno... pues...
Sueña con: ¡cazar todos los dragones del mundo!

Angus el Vengador

Rasgos especiales: fatiga crónica
Cualidades: se duerme en cualquier sitio
Defectos: nadie logra despertarlo
Materias preferidas: la siesta
Afición: dormir
Frase preferida: «Tengo sueño... Zzzzz»
Dragones cazados: por suerte, ninguno
Sueña con: dormir un mes entero

Mordred el Maravilloso

Materia: un director no enseña, ¡manda!

Rasgos especiales: no habla, grita

Cualidades: todas (según él)

Defectos: ninguno (según él)

Frase preferida: «¡AAAAAH!»

Los estudiantes dicen de él: «¡Es maravilloso!»

Sueña con: ser emperador del universo

Profesor Prissius Pluck

Materia: Ciencias Dragonianas

Rasgos especiales: escupe cuando pronuncia la letra *p*

Cualidades: no escupe cuando pronuncia las demás letras del alfabeto

Defectos: pobre de mí, escupe hasta la tercera fila

Frase preferida: «¡**P**or **p**iedad, **p**arad!»

Los estudiantes dicen de él: «¡A cubierto!»

Sueña con: dejar de escupir

Preparador Wendell Plungett

Materia: entrenador de Caza
Rasgos especiales: peluquín
Cualidades: no se rinde jamás
Defectos: no se rinde jamás
Frase preferida: «¡Haced 200 flexiones ahora mismo!»
Los estudiantes dicen de él: «¡No podemos más!»
Sueña con: ser entrenador de un equipo de fútbol

Cazón

Materia: Fregar y limpiar
Rasgos especiales: es autor del best seller: *101 maneras de cocinar la anguila*
Cualidades: puede que no tenga
Defectos: sin duda es un pésimo cocinero
Frase preferida: «¡Una anguila al día da alegría!»
Los estudiantes dicen de él: «¡Necesita clases de cocina!»
Sueña con: abrir un restaurante

Título original: *The Revenge of the Dragon Lady*
Publicado originalmente por Grosset & Dunlap, Inc.,
    Penguin Putnam Books.

Adaptación de la cubierta: departamento de diseño
    de Random House Mondadori

Primera edición en U.S.A.: diciembre, 2005

© 1997, 2003, Kate McMullan
© 2005, Grupo Editorial Random House Mondadori, S. L.
    Travessera de Gràcia, 47-49. 08021 Barcelona
© 2005, Esther Roig, por la traducción
    Ilustraciones de Simone Frasca

Printed in Spain – Impreso en España

ISBN: 0-307-35007-X

Distributed by Random House, Inc.

K. H. McMullan

Lección nº 2:
La venganza de la dragona

Ilustraciones de
Simone Frasca

Traducción de
Esther Roig

montena

Para Jim

¡Abajo las anguilas!

Wiglaf estaba sentado a la mesa en el frío comedor de la Escuela de CazaDragones y miraba sin entusiasmo su desayuno: anguila hervida y pan tostado.

—¡No puedo más! —resopló—. ¡Estoy harto de comer siempre anguila!

Pero el foso del castillo estaba repleto de anguilas. Y, como eran gratis, el director Mordred se las haría cocinar a Cazón (el cocinero de la escuela) para desayunar, para almorzar y para cenar...

—¡A mí me encanta la anguila! —exclamó Erica, rebañando el plato con un pedazo de pan. A Erica le gustaba todo de la escuela. Era la primera de la clase y había ganado ya una medalla como mejor Aspirante a CazaDragones del Mes.

Wiglaf intentó comerse un pedacito microscópico. ¡Era asqueroso!

Empujó su plato hacia la amiga.

—Toma, Erica —dijo, esperando librarse de la comida—. Quédate mi parte.

—¡Calla! Me llamo Eric, ¿entendido? —Erica miró a su alrededor para asegurarse de que nadie le había oído—. Si Mordred se entera de que soy una chica... me echa de aquí a patadas.

—Perdona —dijo Wiglaf avergonzado.

El director no admitía chicas en su escuela. Pero Erica deseaba tanto ser CazaDragones que se había cortado el pelo y se había vestido como un chico. Nadie conocía su secreto, excepto Wiglaf.

También Wiglaf tenía un sueño: ser un héroe. Los héroes eran guapos y valerosos. Y si él era

un héroe, nadie le podría tomar el pelo porque fuera demasiado bajo para su edad. O por su cabellera color zanahoria. Por eso había decidido irse de casa con Daisy, su cerdita, y matricularse en la Escuela de CazaDragones.

Aquel plan solo tenía un pequeño problema. ¡A Wiglaf le daban pánico los dragones!

—¡Eh, chicos! —gritó alguien.

Wiglaf levantó la cabeza y vio al sobrino del director, que corría hacia su mesa.

Se llamaba Angus y era un chico robusto, de cara mofletuda y simpática. No corría nunca si podía andar y no andaba nunca si podía estar sentado. Aquel día debía de tener novedades importantes para contar a sus amigos.

—¿Qué pasa, Angus? —exclamó Erica animada—. ¿Un dragón quizá?

Angus se paró frente a la mesa de Primero y recuperó el aliento.

—¡El tío Mordred está hecho una furia! —exclamó por fin.

13

—No me parece una gran novedad —comentó Wiglaf.

Mordred todavía estaba enfadado con él por el lío que había armado con un dragón llamado Gorzil. El director había mandado a Wiglaf y a Erica en una misión para cazarlo. Y Wiglaf lo había cazado de verdad. Pero solo por pura casualidad. Había descubierto el punto débil secreto de Gorzil y había reducido al dragón a un montón de cenizas. Sin embargo, no había logrado llevar a Mordred ni una pequeña parte del tesoro... y el director aún no se lo había perdonado.

—Pero es que ahora está muy, pero que muy furioso —dijo Angus—. ¡Le acaban de decir que un alumno de la Gran Escuela de los Exterminadores ha llevado a su director el oro de diez dragones!

—¡Cuidado, Angus! —gritó Wiglaf de repente—. ¡Agáchate!

Angus se agachó justo a tiempo: una anguila enorme y asquerosa pasó volando sobre su cabeza y dio de pleno a Erica.

—¡Eh! —gritó la chica poniéndose de un salto en pie—. Quiero saber quién ha sido.

—¡Yo! —gritó un chico alto y pecoso de la mesa de Segundo—. Y ahora, empollón, ¿qué piensas hacer?

—¡Tú espera y verás! —gritó Erica combativa. Cogió una anguila del plato de Wiglaf y se la tiró—. ¡Te di! —gritó encantada cuando vio que había dado en el blanco.

En un momento el comedor se llenó de anguilas voladoras y todos los chicos empezaron a patalear y a gritar:

—¡Basta de anguilas! ¡Basta de anguilas!

Wiglaf se echó a reír. ¡Momentos como ese eran la mejor parte de su vida de estudiante! Cogió la última anguila que quedaba en su plato y miró a su alrededor buscando un blanco. Cerca de la puerta había un busto de tamaño natural de Mordred: la espesa melena, los grandes ojos saltones y la mueca terrible eran exactos al original.

El chico apuntó y...

—¡Encaja esta, director Mordred! —gritó.

Después lanzó la anguila.

En aquel preciso instante, el mismísimo director en carne y hueso abrió la puerta y entró en el comedor.

Wiglaf se quedó mirando con horror cómo su anguila aterrizaba en la cara de Mordred con un sonoro «plaf».

Corazón de mamá

Un zumo verdoso de anguila resbaló por la frente de Mordred, le bajó por las mejillas y le ensució la barba.

—¡POR LAS MALLAS DEL REY KEN! —rugió el director—. ¿QUIÉN HA SIDO?

Todos se volvieron hacia Wiglaf, que se puso blanco como una sábana y empezó a temblar.

—¡TÚ! —tronó Mordred, fulminándolo con la mirada—. ¡Pequeña peste! ¡Ni siquiera has sido capaz de traerme el oro de Gorzil y no

19

has pagado la escuela! ¡Todavía me debes medio escudo!

—Es verdad —reconoció Wiglaf—. Pero... es que, señor, mi familia no tiene dinero...

—¿Y encima me atizas CON UNA ANGUILA? —aulló Mordred—. ¡En cuanto pagues el medio escudo, te echo a patadas de la escuela! —Se sacó del bolsillo un gran pañuelo rojo y se limpió la cara—. ¡Os castigaré a todos de forma ejemplar! —tronó. Apuntó con el dedo gordo hacia la escalera—. ¡A las mazmorras! ¡Adelante, en marcha!

Los chicos descendieron en silencio tres oscuros tramos de peldaños. Y cuando llegaron al sótano, entraron en una cámara fría y húmeda.

—¡Angus! ¡Ven aquí! —ladró el director—. Todos los demás, ¡sentaos! —gritó encendiendo un par de antorchas colgadas en la pared. Dio a su sobrino unas plumas de oca, tinteros y hojas de pergamino—. ¡Repártelo! —ordenó.

Angus obedeció sin decir nada.

Cuando todos los estudiantes tenían lo necesario para escribir, el director empezó:

—Escribid todos *Las Cien Reglas del Aspirante a CazaDragones*. Os ruego un poco de orden. No se permiten correcciones ni manchas de tinta.

Erica levantó la mano.

—¿Hay un premio para el que acabe primero? —preguntó.

—No, Eric. Esto es un castigo. —Mordred miró su clepsidra de pulsera—. Tenéis dos horas a partir de ahora. ¡Empezad!

¡Dos horas! A Wiglaf le temblaba la mano cuando mojó la pluma de oca en la tinta y se puso a escribir:

Las Cien Reglas del Aspirante a CazaDragones

1. El Aspirante a CazaDragones entrega todos sus ahorros a Mordred

2. El Aspirante a CazaDragones no se queja nunca, sobre todo en las cartas que escribe a casa

3. El Aspirante a CazaDragones se come todo lo que le ponen en el plato, tenga el aspecto que tenga...

4. O el sabor que tenga

5. O cómo huela

Después de la quinta regla, Wiglaf se paró a reflexionar. ¡Solo le faltaban noventa y cinco! Dio una ojeada a Erica. ¿Cómo era posible que hubiera escrito ya cuatro páginas?

Wiglaf suspiró e introdujo la pluma de oca en la tinta. Estaba intentando recordar la regla número seis, cuando oyó un ruido raro... como un batir de alas. Todos los chicos miraron hacia fuera a través de un ventanuco y se quedaron sin habla: ¡al otro lado de los barrotes había un pájaro gigante!

Mordred también miró.

—¡Por mil prodigios! —exclamó—. El pájaro de mal agüero... ¡Ha venido a devorarnos a todos!

23

—¡Señor mío! —dijo el pájaro—. ¡Soy Yorick, su ayudante!

—Yorick, ¡menudo susto me has dado! —gritó Mordred—. ¡Rápido! ¡Ven a contarnos las novedades!

Poco después, Yorick abrió la puerta de las mazmorras. Estaba cubierto de pies a cabeza de plumas.

—Mi señor —empezó—, he salido en misión de espionaje al Pico del Águila.

—¡Ah! —exclamó Mordred—. Por eso te has disfrazado de águila...

Wiglaf pensó que el ayudante del director parecía más bien un pichón gordo, pero se guardó su opinión.

—Mi señor —siguió Yorick—, una nube negra está llegando por el este.

Mordred levantó la vista al cielo.

—¡No te pago para que me hagas la previsión del tiempo, Yorick!

—Mi señor —insistió su ayudante—, no se

trata de una nube como las demás, sino de una nube de humo.

—¡Táleros y doblones! —exclamó Mordred. Sus ojos se iluminaron excitados—. No querrás decir por casualidad que...

—Sí quiero decirlo, mi señor —asintió Yorick —. Un dragón horrible está viniendo hacia nosotros. Mis informadores dicen que se trata de una hembra. ¡Está buscando al caballero que ha reducido a cenizas a su hijo!

—¡Ah! —gritó Mordred—. ¡No hay nada más terrible que una mamá dragón enfadada! ¿Quién será ese desventurado guerrero? —murmuró rascándose la barba—. ¿Sir Freddy Headwhacker? No, ya está jubilado. A lo mejor fue aquel viejo liante de Sir Percy Smackbottom...

—Mi señor —le interrumpió Yorick—, es el caballero que mató a Gorzil.

—¿A Gorzil? —exclamó Angus—. ¡Wiglaf! ¡Entonces el dragón te está buscando a ti!

Una mala noticia

Wiglaf sintió un vuelco en el estómago.

—¿Me busca a mí? —balbuceó.

—¡Querido chico! —exclamó Mordred—. ¡QUÉ SUERTE!

—¿Suerte? —gimió Wiglaf. El corazón le latía con fuerza del miedo. En aquel momento, ser un héroe ya no parecía tan importante. Estar vivo... ¡eso sí importaba!

—¡VIVA! ¡Un dragón viene hacia aquí! —exclamó Mordred—. Y donde hay un dra-

gón, ¡siempre hay un TESORO! ¡Ah, finalmente podré hacerme rico!

—Perdone, señor —intervino Erica—. ¿Se acuerda de que me mandó con Wiglaf a cazar a Gorzil? Bien, Wiglaf ni siquiera lo tocó... lo derrotó por pura casualidad.

—Fue exactamente así... —balbuceó Wiglaf.

—¡Yo, en cambio, estaba dispuesto a cazar a Gorzil como es debido! Había desenvainado mi espada de plata y estaba a punto de darle el golpe decisivo, pero tuve mala suerte... ¡Por eso es a mí a quien ese terrible dragón debería perseguir!

—Eric —empezó Mordred con paciencia—, ¿quién transformó a Gorzil en polvo de dragón?

—Bueno, claro... fue Wiglaf, señor... Pero yo solo quería...

Mordred sacudió la cabeza.

—No deberías sentir celos de las proezas de tus compañeros —dijo en tono de reproche.

Erica se ruborizó.

—Lo siento, señor —dijo.

—Las cosas están así... —concluyó Mordred—. El dragón está enfadado con Wiglaf. Y solo con Wiglaf.

El chico gimió; la cabeza le daba vueltas y sentía las piernas flojas de miedo.

—Bien. —Mordred se volvió hacia su ayudante—. ¿Cuándo llegará el dragón?

—Mi señor —empezó Yorick—, he multiplicado la longitud de la nube de humo por su anchura, después he restado la velocidad del viento y he añadido...

—¡Por mil ayudantes inútiles! —gritó Mordred—. ¿Cuándo?

—El viernes próximo, mi señor —dijo Yorick—. Justo cuando suene la campana de mediodía.

—¡El viernes! —gritó Wiglaf encogiéndose en la silla—. ¡Solo faltan dos días!

—¡Silencio! —gritó Mordred—. ¡Yorick! ¿Cómo se llama esa dragona?

29

—Se llama Seetha, mi señor.

La sonrisa desapareció de la cara de Mordred.

—¿Seetha? ¿La Abominable Bestia del Este? ¡Nooo! —aulló—. ¡No puede ser! ¡Estoy acabado!

Wiglaf sintió que se desmayaba de miedo. ¡Seetha debía de ser aterradora si ejercía aquel efecto en el director!

Mordred levantó la vista al cielo.

—¡Pero por qué tengo tan mala suerte! —se lamentó—. Finalmente un dragón viene hacia aquí, a mi escuela... ¡y es el único dragón del mundo que no posee un tesoro! —Los ojos de Mordred estaban llenos de lágrimas—. ¡Seetha no tiene ningún interés por el oro! A ella solo le gusta quemar aldeas, así... ¡por pura diversión!

—¿Por diversión? —dijo Wiglaf con un hilo de voz. Era presa de un temblor cada vez más fuerte—. Pero qué... cómo...

—A Seetha le gusta jugar —explicó Mor-

dred—. Se pasa horas jugando con sus víctimas antes de darles el golpe de gracia. ¡Pero no tiene oro! —lloriqueó—. ¡Oh, infeliz! ¡No hay oro! ¡Pobre de mí!

Señaló con la mano la puerta de las mazmorras.

—Marchaos, chicos. El castigo ha terminado. Marchaos. ¡Dejadme solo con mi dolor!

Se quedó cavilando cómo podía haberle sucedido tal desgracia precisamente a él. ¡Por fin un dragón estaba a punto de llegar a la Escuela de CazaDragones y no había ningún tesoro que arrebatarle!

El secreto del dragón

Después del almuerzo, cuando sonó la campana, Angus, Wiglaf y Erica cruzaron a hurtadillas el patio del castillo. Habían decidido ir a la biblioteca a consultar un libro sobre dragones, con la esperanza de descubrir el punto débil secreto de Seetha.

Las lecciones de la tarde estaban a punto de empezar. El preparador Wendell Plungett, el profesor de Caza, estaba enseñando a los alumnos de Segundo cómo agarrar a un dragón por

la cola; y los alumnos de Cuarto tenían lección de Seguimiento Furtivo con Sir Mort. Cazón estaba dando su lección diaria de Fregar y Limpiar a los chicos de Tercero, que fregaban de rodillas la escalera del castillo. Mordred sostenía que saber fregar era una cualidad muy importante para un aprendiz de CazaDragones, pero Wiglaf no lograba entender por qué.

Los tres amigos llegaron a la torre sur. Subieron por una escalera de caracol empinada y entraron en la biblioteca.

El padre Dave, el bibliotecario, les acogió con una gran sonrisa. Tenía una cara redonda y simpática.

—¡Buenos días, chicos! —exclamó—. ¿Qué os trae por aquí? —El padre Dave estaba estupefacto con aquella visita tan inesperada. Sabía que poquísimos estudiantes (y ningún profesor) habían leído un libro entero—. ¿Por casualidad tenéis que hacer una investigación? —preguntó a los chicos en tono esperanzado.

34

—No —contestó Wiglaf—. No estamos aquí por la escuela...

—¡Ah! ¡Finalmente unos chicos que leen por afición! —El padre Dave no cabía en sí de gozo—. Os podría aconsejar *El rey que no lograba dormir* de Eliza Wake. ¡Qué gran historia! O quizá os gustaría probar *En el Bosque Oscuro* de Hugo First? O tal vez, si os va la poesía...

—Padre Dave... —le interrumpió Angus—. Mi amigo Wiglaf tiene un gran problema. Acabará asado dentro de dos días si no descubrimos el punto débil de Seetha.

—¿Seetha? —saltó el padre Dave—. ¿La Abominable Bestia del Este?

—¡Ha oído hablar de ella! —gimió Wiglaf—. ¡Por favor, se lo ruego, ayúdeme!

El padre Dave se quedó pensativo.

—A lo mejor tengo un libro que te conviene... —dijo por fin—. Voy a buscarlo. —Se alejó a toda prisa y volvió con la *Enciclopedia de los Dragones*.

35

Wiglaf hojeó el libro hasta llegar a la letra «F» y enseguida encontró lo que buscaba.

Una cara horrible lo miraba desde la página...

—¡Por todos los caballeros del rey! —exclamó Angus—. ¡Es una dragona realmente aterradora!

Seetha tenía un largo cuerno acabado en punta en medio de la cabeza. Sus ojos eran amarillos y amenazadores. Los dientes eran afilados y centelleantes como puñales.

—Tiene un aspecto horrendo... —observó Erica—. ¿Cómo vas a enfrentarte a ella, Wiglaf?

—¡Silencio! —exclamó Wiglaf preocupado—. Dejadme leer.

Esto es lo que ponía en la *Enciclopedia*:

𝔑ombre completo: Seetha von Flambé
𝔗ambién conocida como: la Abominable Bestia del Este

Marido: Fangol von Flambé (casado por Sir Gristle McThistle)

Hijos: 3.684

Escamas: verde ciénaga

Cuerno: naranja chamuscado

Ojos: sí

Dientes: asquerosos

Edad: mil años y pico

Cualidades: ninguna

Defectos: apesta... apesta DE MUERTE

Rasgos particulares: no posee oro

Frase preferida: «¡Vamos a prender fuego a una bonita aldea!»

Afición: precisamente incendiar aldeas de forma divertida y creativa

Lo que más ama del mundo: el hijo nº 32, Gorzil, el único dragoncillo de su corazón

—¡Ah, estoy frito! —exclamó Wiglaf desolado.

—¡O asado...! —dijo Erica.

Wiglaf pasó la página y de repente los tres amigos se sobresaltaron.

En la parte de arriba de la página ponía:

𝔓unto débil secreto: algunos caballeros aseguran que el punto débil de Seetha es el ba...

Sobre la página había caído tinta y el resto de la palabra estaba manchado de negro.

—Ba... ¿qué? —gritó Wiglaf—. ¡Tengo que descubrirlo!

Angus acercó el libro a la luz de una vela.

—No se lee nada —suspiró—. A lo mejor es barba o balada o barbacoa...

—¡Ya está bien de tonterías! —intervino Erica—. Solo nos queda una salida: Wiglaf tiene que enfrentarse a Seetha de la forma tradicional... ¡con la espada!

Wiglaf sintió que se desmayaba solo de pensarlo: ¡era un cero a la izquierda con la espada!

¡Cuidado con la bruja!

—**Podría ser** baile —insistía Angus—. O balanza...

—Tenemos que irnos —cortó Erica—. O llegaremos tarde a la clase de Caza.

—Babero... bacalao... bacinilla... —siguió Angus mientras salían de la biblioteca.

—¡Esto es el fin! —gimió Wiglaf.

—¡No seas tan pesimista! —resopló Erica.

—Bala... baladreo... —seguía Angus mientras corrían escaleras abajo.

—No tengo esperanzas —suspiró Wiglaf—. Pobre de mí... ¡Ojalá pudiera desaparecer!

Angus se paró de repente.

—¡Muévete! —le incitó Erica.

—Desaparecer... —murmuró Angus. Volvió a bajar la escalera—. ¡Tengo una idea! Quizá la tía Lobelia pueda ayudarte, Wiglaf. En realidad es un secreto... —bajó la voz—, pero ¡es una bruja!

—¿Una bruja de verdad? —preguntó el amigo estupefacto.

Angus asintió.

—Mi madre dice que la tía Lobelia hace hechizos de verdad... transforma a la gente, creo —susurró—. Quizá en su habitación haya una poción que pueda hacerte desaparecer durante algunos días.

Wiglaf se paró de golpe.

—¡Eso es precisamente lo que necesito! —exclamó más animado.

Angus sonrió.

—Por suerte la tía Lobelia está siempre de viaje. Ahora tendría que estar en Transilvania... es decir, ¿a qué estamos esperando? ¡Venga, vayamos a ver! —exclamó—. El tío Mordred tiene la llave de la habitación de la tía colgada de un clavo, cerca de su escritorio.

—Introducirse sin permiso en la habitación del castillo y contra las reglas de la escuela... —intervino Erica. Acarició su medalla de mejor Aspirante a CazaDragones del Mes—. Pero no os preocupéis —añadió—. Si vosotros dos decidís ir, no se lo diré a nadie. Nos veremos más tarde. Yo voy a la clase de Caza. —La chica se marchó, y Wiglaf y Angus se apresuraron a subir la escalera.

Pocos minutos después, Angus abrió lentamente la puerta del despacho del director y echó un vistazo dentro.

—Vía libre —susurró.

Wiglaf siguió al amigo dentro del despacho de Mordred. El corazón le latía con fuerza. Si el director les sorprendiera allí dentro...

Los dos chicos estaban ante el gran escritorio de madera maciza del director, cuando un débil lamento les sobresaltó. Wiglaf se volvió. Horror... ¡Mordred! Estaba echado en un diván. Llevaba un pijama rojo y su enorme barrigón no paraba de subir y bajar.

—Un dragón sin oro... Zzzzz... ¡Oh, infeliz! Zzzzz… —balbuceaba.

Wiglaf soltó un suspiro de alivio: por suerte el director estaba durmiendo.

Sin hacer ruido, Angus cogió la llave del gancho clavado sobre el escritorio y salió del despacho con Wiglaf.

Los dos amigos cruzaron corriendo los oscuros pasillos de la escuela y se pararon frente a una puerta de roble maciza. Angus metió la llave en la cerradura y abrió.

Wiglaf entró el primero. Estaba muy oscuro... ¡Entrar a escondidas en la habitación de una bruja ya no le parecía una buena idea! ¿Y si había trampas? ¿Y si Lobelia había lanzado

hechizos contra los que entraran sin permiso?

Angus fue a abrir las cortinas y la luz del día inundó la habitación.

Wiglaf miró a su alrededor. Se había esperado ver estantes llenos de botes con hojas de ortiga y hongos venenosos, con etiquetas tipo: «Poción Superpotente de la Invisibilidad» o «Repelente para Dragones»... En cambio, se encontraban en un elegante saloncito. Docenas de grandes baúles estaban colocados contra la pared. En un rincón había un espejo enorme con el marco dorado. Espléndidos tapices de seda cubrían las paredes.

—A lo mejor tiene las pociones en los baúles —susurró Angus, agachándose para examinar el contenido de uno—. ¡Mira, está abierto! —exclamó.

Mientras Wiglaf lo ayudaba a levantar la tapa, la puerta se abrió de golpe.

—¡Quietos ahí! —gritó alguien desde el umbral.

45

Wiglaf y Angus se quedaron paralizados.

—Alejaos inmediatamente de los baúles —ordenó la voz a sus espaldas—. Y con inmediatamente quiero decir ¡ya!

—**Ahora volveos,** ¡pequeños metomentodo! —apremió la voz—. Dejad que os vea.

Los dos amigos obedecieron rápidamente.

—¡Tía Lobelia! —exclamó Angus.

—¿Angus? —se maravilló la mujer, dejando caer un par de maletas.

—Creía que estabas en Transilvania, querida tía —balbuceó el chico.

—Eso está clarísimo —observó Lobelia en un tono gélido.

Wiglaf nunca había conocido a una bruja, pero la tía de Angus no se correspondía en absoluto con la idea que se había hecho de las brujas. Era muy hermosa. Tenía el pelo negro y liso, largo hasta los hombros. Era altísima y delgada como un clavo. Pero su expresión era dura y no parecía contenta de ver a su sobrino.

Wiglaf tragó saliva. ¿Y si se le ocurría transformarlos en sapos?

Un par de sabuesos con collares con incrustaciones de piedras preciosas estaban acurrucados a los pies de Lobelia. Cuando reconocieron a Angus se pusieron a ladrar.

La mujer los hizo callar. Se quitó con calma una mantilla de terciopelo azul y se arregló los largos cabellos. Después se volvió hacia los dos chicos.

—Veamos, ¿qué hacéis en mi habitación?

Angus se ruborizó.

—Perdona que hayamos entrado sin permiso, tía, pero se trata de una urgencia. Este es mi

amigo Wiglaf. Necesita ayuda: ¡la dragona Seetha quiere asarlo!

—¿Seetha? —exclamó Lobelia—. ¿La Abominable Bestia del Este?

Wiglaf asintió.

—Pero ¿por qué?

—Bueno, yo... cómo lo diría... por pura casualidad, reduje a cenizas a su amado hijito Gorzil... —explicó Wiglaf.

—¡Qué horror! —observó Lobelia—. Al venir he pasado por la aldea de Panzadelombriz. Seetha había estado allí. Y había dejado tras de sí una horrenda peste. —Lobelia frunció la nariz—. Estaba convencida de que el que había cazado a su hijo era el caballero más valeroso de Panzadelombriz y amenazaba con...

—¡No siga, se lo ruego! —lloriqueó aterrorizado Wiglaf.

Lobelia sacudió la cabeza.

—No querría estar en tu lugar, chico.

Wiglaf suspiró.

49

—Sabemos que Seetha llegará aquí el viernes a mediodía —dijo Angus—. ¿Puedes ayudar a mi amigo, tía? Eres nuestra única esperanza.

—¡Por supuesto! —respondió Lobelia. Inclinó la cabeza y miró a Wiglaf con atención—. Para empezar, tienes que deshacerte de esa túnica de la escuela y de los calzones viejos. Estarás guapísimo con una túnica nueva de piel. Marrón, para hacer que resalte tu pelo color zanahoria.

Wiglaf no había visto nunca trabajar a una bruja, pero no estaba preparado para lo que pasó a continuación.

Lobelia se acercó a sus baúles y los abrió. Del primero sacó una túnica de piel con las mangas anchas y unos calzones amarillos; del segundo baúl, un par de botas marrones, y del tercero, unas mallas verde oscuro. Y para acabar, un yelmo.

—Los cuernos de carnero de este yelmo dan un aire importante a quienes lo llevan —explicó—. ¡Y esta piel de lobo es perfecta! Te la puedes echar sobre los hombros, estilo vikingo. —Lobelia amontonó la ropa sobre los brazos de Wiglaf—. Ve a cambiarte detrás de aquel tapiz —ordenó—. ¡Muévete! ¡Rápido!

Wiglaf lanzó a Angus una mirada interrogadora, pero hizo lo que le habían ordenado. ¿Quién era él para discutir las órdenes de una bruja?

Se quitó la túnica de la escuela y los calzones. Se puso las mallas verdes, los calzones amarillos y la túnica de piel. Se puso las botas y se envolvió los hombros con la piel de lobo, estilo vikingo. Y para terminar, se puso en la cabeza el yelmo con los cuernos de carnero. Cuando salió de detrás del tapiz se sentía un poco desgarbado.

Al verlo, los dos sabuesos gruñeron asustados.

Angus se echó a reír, pero una mirada cortante de su tía le hizo parar.

—Date la vuelta, Wiglaf —ordenó Lobelia—. ¡Quiero verte bien!

Wiglaf hizo lo que le habían ordenado.

—¡Ma-ra-vi-llo-so! —Lobelia aplaudió—. ¡Seetha caerá fulminada cuando te vea!

—¿Está segura? —exclamó Wiglaf.

—Bueno, es un decir... —contestó Lobelia.

El corazón de Wiglaf le saltó en el pecho.

—Señora Lobelia, necesito que Seetha caiga fulminada de verdad, ¡no de broma! ¡O acabaré asado! Angus ha dicho que podría ayudar-

me... —Wiglaf se calló de golpe y lanzó una ojeada a su amigo.

—¿Que ha dicho qué? —preguntó Lobelia. Se volvió hacia su sobrino—. ¿Angus?

—He dicho... —murmuró el chico—. Bueno... pues... que podrías ser una bruja.

—¡Una bruja! —Los ojos de Lobelia brillaron de rabia—. ¿Quién te ha dicho tal cosa?

—Mi madre —contestó Angus.

—¿Quién? ¿Mi hermana?

El chico asintió.

—Dijo que eras capaz de transformar a las personas...

Lobelia se echó a reír.

—Ah, ya entiendo. Eso es verdad. Yo transformo a las personas. ¿Habéis oído hablar de Ricardo Corazón de León?

Wiglaf y Angus asintieron.

—Antes de que yo le hiciera un arreglito, ¿sabéis cómo le llamaban? ¡Ricardín Corazón de Pepino! ¿Quién creéis que le convenció para

que se pusiera aquella audaz túnica roja? ¿Quién le aconsejó que se tiñera de negro la barba? ¡Yo! —exclamó Lobelia—. Y ahora también he transformado a Wiglaf. Escúchame bien: si Seetha te ve solo como un alumno asustado estoy segura de que te asará de verdad. Pero si te ve como un gran héroe, te respetará. ¿Quién sabe? A lo mejor decidirá perdonarte la vida.

—Sería verdaderamente estupendo —murmuró Wiglaf más animado—. Gracias, señora Lobelia.

La tía de Angus sonrió.

—Vístete como un héroe y serás un héroe. ¡Este es mi lema!

—**Lo siento mucho,** Wiglaf —se disculpó Angus mientras se dirigían al despacho del director.

—Yo también —suspiró Wiglaf subiéndose el yelmo con cuernos. Pesaba tanto que se le res-

balaba sobre la frente. Y la piel de lobo le hacía cosquillas en el cuello. Pero una cosa le preocupaba más que nada: ¿qué iban a decir sus compañeros cuando lo vieran tan emperifollado?

Cuando llegaron ante el despacho del director, Angus abrió la puerta y entró.

Por suerte, su tío seguía durmiendo. Angus se puso de puntillas para colgar la llave en el gancho, sobre el escritorio, y en aquel momento un madero del suelo chirrió.

Los ojos de Mordred se abrieron de golpe.

—¿Angus? —exclamó—. ¿Qué haces? —Entonces vio a Wiglaf en la puerta—. ¡Por mil mallas gastadas! —gritó, sentándose rápidamente—. ¿Qué llevas puesto?

Wiglaf entró en el despacho.

—Es un... traje de héroe, señor —balbuceó, ruborizándose.

—Para asustar a Seetha —explicó Angus.

—¡Muérdete la lengua, sobrino! —exclamó Mordred—. ¡No vuelvas a pronunciar nunca

56

más el nombre de esa miserable dragona en mi presencia! —El director se volvió de nuevo hacia Wiglaf—. ¿Quién te ha disfrazado así, chico?

—La señora Lobelia... —contestó Wiglaf.

—Ah, ahora lo comprendo. —Mordred hizo un gesto de asentimiento—. ¡Vaya! —gritó—. ¿Lobelia ya ha vuelto?

—Sí, tío —dijo Angus.

—Esperaba... en fin, no me esperaba que volviera tan pronto —se quejó—. Ah, ¡qué dura es la vida! ¡Desapareced, chicos! ¡Venga! ¡Marchaos! Dejad que disfrute en paz de mi siesta mientras pueda.

Al volverse para marcharse, Wiglaf vio un ejemplar del *Correo del Medioevo* sobre el escritorio del director. Cuando leyó el titular de la primera página se quedó blanco del miedo.

Cogió el periódico con manos temblorosas y empezó a leer:

LA SEÑORA DRAGONA VA A CAZAR AL HÉROE QUE HA REDUCIDO A CENIZAS A SU HIJO

Gorzil, el hijo nº 32, ¡era el preferido de mamá!

BIGOTESDERRATA, 30 de septiembre

La dragona Seetha von Flambé, más conocida como la Abominable Bestia del Este,

está furiosa. Ella y su marido, Fangol, han tenido 3.684 hijos. Pero un dragón se distinguía de los demás: se llamaba Gorzil.

«Gorzil era especial», ha dicho Seetha a los periodistas, poco antes de pegar fuego a Bigotesderrata. «Cuando encuentre al bestia que me lo ha hecho cenizas, ¡no sé lo que le haré! De algo sí estoy segura: ¡no me mostraré muy simpática!»

Vencedora vitalicia del premio Dragón más Apestoso de la Tierra, a Seetha le gusta mucho divertirse... ¡sobre todo con sus víctimas!

Al valeroso caballero que ha reducido a cenizas a su hijo, solo podemos decirle: «¡Adiós!».

Wiglaf se sobresaltó. No había estado tan asustado en toda su vida. Casi deseaba que Lobelia lo hubiera transformado en sapo. ¡Al menos seguiría vivo!

¡Auxilio, Daisy!

Aquella noche Wiglaf no logró pegar ojo. Y el jueves por la mañana se despertó pensando: «¡Este podría ser el último día de mi vida!».

Bien, ¡haría lo que estuviera en su mano para que fuera inolvidable!

Se puso el traje de héroe. Pero le faltaba algo... ¡una espada! ¿Dónde la había metido? Lo pensó un poco, y se acordó de repente: estaba debajo de la cama. Wiglaf había perdido su

vieja Muertesegura, en el encuentro con el terrible Gorzil. Pero, por suerte, durante la Fiesta de la Gran Limpieza (uno de los trucos del director para limpiar gratis el castillo) había encontrado entre la basura una vieja espada torcida y oxidada, y la había escondido debajo de la cama. La mera visión de un arma le daba escalofríos, pero si quería enfrentarse a Seetha más valía que se acostumbrara. La cogió y se la ciñó a la cintura.

En el desayuno comió un poco de revoltillo de anguila. Después, con Erica y Angus, se dirigió al aula número diez para asistir a la lección de Ciencias Dragonianas.

Cuando entró en la clase, los demás alumnos enmudecieron estupefactos de sorpresa. Después empezaron a desternillarse de risa.

—¡Eh, chicos, mirad! ¡Mirad! —chilló Torblad—. ¡Acaba de llegar Sir Calzonazos!

—¡Cierra el pico, Torblad! —gritó Erica—. ¿Te crees que tú eres un modelo de elegancia?

El profesor de Ciencias Dragonianas, Prissius Pluck, se aclaró la voz.

—¡**P**or **p**iedad, **p**arad, **p**equeños! —escupió—. ¿**P**odéis **p**ermanecer un **p**oco callados?

El profesor Prissius Pluck tenía un pequeño defecto de pronunciación y escupía cada vez que pronunciaba la letra *p*. Por eso los chicos intentaban llegar pronto a sus clases, para sentarse en las últimas filas y evitar ser alcanzados por sus escupitajos.

Esta vez, Wiglaf y sus amigos no habían llegado a tiempo y se vieron obligados a sentarse en primera fila, frente al profesor.

—**P**or **p**iedad, **p**odéis **p**restar atención, **p**equeños —escupió el profesor Prissius Pluck, desenrollando un pergamino muy estropeado sobre el cual había dibujado un dragón. Apuntó con una larga vara a la barriga del monstruo y empezó a explicar cómo estaba hecho—: La **p**arte **p**articularmente **p**rotuberante que **p**odéis ver aquí es la **p**anza...

Wiglaf estaba distraído. Miraba el dibujo del dragón, pero todo lo que llegaba a ver era la cara monstruosa de Seetha.

—**P**ensad que **p**recisamente esta **p**equeña **p**arte —explicaba el profesor Prissius Pluck— es **p**articularmente más **p**esada...

Wiglaf solo pensaba en una cosa: «Seetha llegaría al día siguiente».

No tenía ninguna posibilidad de vencerla.

—En la **p**anza **p**rotuberante de un dragón —seguía escupiendo el profesor Prissius Pluck— **p**odéis encontrar un **p**ollo...

Wiglaf reaccionó de repente.

El gallinero... SU CERDITA... ¡DAISY! ¡Ella podría ayudarle!

Daisy, de hecho, no era una cerdita cualquiera. Desde que el mago Zelnoc le había hecho un hechizo sabía hablar el cerdo, una lengua muy especial. Funciona así: se coge la primera letra de una palabra, se pone al final y se le añade *us*. Cerdo, por ejemplo, sería *erdocus*. ¿A que es fácil?

Terminada la lección de Ciencias Dragonianas, Wiglaf decidió saltarse la de Fregar y Limpiar y se fue corriendo al gallinero.

—¿Daisy? —llamó con un hilo de voz para no asustar a las gallinas—. ¿Dónde estás?

Las gallinas empezaron a agitarse y a cacarear aterrorizadas.

—Soy yo, Daisy —susurró Wiglaf.

—¿*Iglaf-wus?* —preguntó tímidamente Daisy, que se había escondido detrás de una bala de heno.

Wiglaf se quitó el yelmo con cuernos.

—No tengas miedo, soy yo. ¿Lo ves?

Cuando Daisy y las gallinas se fueron acostumbrando a su nuevo aspecto de héroe, Wiglaf empezó a contar la historia de la madre de Gorzil.

—¿*Eetha-sus?* —exclamó Daisy al final del relato—. ¡*Ue-qus ala-mus uerte-sus!*

—Sí... es una dragona muy feroz —asintió tristemente el chico—. Su punto débil secreto empieza por *ba*. Pero no sé nada más —suspiró—. Llegará mañana a mediodía... ¿Qué puedo hacer?

—*Eberías-dus lamar-lus aus elnoc-zus* —propuso Daisy.

—¿Al mago? —exclamó Wiglaf—. Pero si es un liante... ¡Se equivoca en todos los hechizos!

—¿*Aus uién-qus i-sus o-nus?* —preguntó Daisy.

Wiglaf se lo pensó un poco. En el fondo Daisy tenía razón; la situación se ponía fea y él no conocía a nadie más que pudiera ayudarle.

—Tienes razón —dijo al final—. Llamaré a Zelnoc. Al fin y al cabo, ¡incluso un mago inútil es mejor que nada!

Consejo de Magos

En aquella época cualquiera era capaz de llamar a un mago, cuando hacía falta.

Wiglaf se concentró y pronunció tres veces el nombre de Zelnoc, al revés.

—Conlez, Conlez, Conlez —repitió.

De repente se formó una gran nube de humo azul. Cuando el humo se disipó, Wiglaf se encontró frente a un viejo conocido: Zelnoc, en persona.

El mago no había cambiado nada desde la úl-

tima vez que se habían visto: llevaba un sombrero largo de punta y una túnica azul salpicada de estrellas plateadas.

—¡Por mil murciélagos! ¿Quién me ha llamado? ¿Y por qué estoy en un gallinero? —exclamó mirando sorprendido a su alrededor. Después miró a Wiglaf con atención—. Y tú, ¿quién eres? Espera, no me lo digas. Lo tengo en la punta de la lengua. —Se concentró—. Tú eres... Wiglu, ¿no? El que intentó sacarme del Pantano de los Magos cuando hacía mis curas termales.

—Me llamo Wiglaf, mago Zelnoc. Te agradezco mucho que hayas venido tan deprisa.

Zelnoc sacudió la cabeza.

—No he tenido elección. Cuando a los magos nos llaman, debemos aparecer al instante. Es lo que prescribe el *Código de los Magos, Regla número 598*.

—*Ola-hus, ago-mus* —le saludó Daisy.

—¡Hola, cerdita! ¿Dónde has aprendido a hablar el cerdo? Ahora que me acuerdo... Fue

culpa mía... Me equivoqué de hechizo —suspiró Zelnoc—. Como de costumbre. Bueno, ¿qué puedo hacer por ti, Waglif? Explícamelo rápido, te lo ruego. Quiero volver al Congreso de los Magos. Nuestro director, Zizmor el Asombroso, estaba a punto de empezar un Hechizo de Transformación. Es buenísimo, le basta un puñado de colas de salamandra y un sorbo de baba de sapo para transformar a una lombriz en una tarta de crema. Deberías ver su nueva varita mágica... ¡Es un modelo de diez velocidades! Te hace un sortilegio en un plis-plas.

—Me haría falta un hechizo rápido... —suspiró Wiglaf—. Mañana tengo que enfrentarme a la cruel dragona Seetha... y tengo un miedo horroroso.

Zelnoc se sobresaltó y dejó caer la varita.

—¡¿Seetha?! —gritó el mago—. ¿La Remarcable Peste del Norte?

—No —corrigió Wiglaf—. Seetha. La Abominable Bestia del Este.

—Bestia del Este. No la había oído nombrar nunca así —declaró Zelnoc.

—Pues viene a por mí —explicó Wiglaf—. ¡Y yo me muero de miedo! ¿Puedes hacer un hechizo para ayudarme?

Zelnoc se rascó la barba.

—Tú lo que necesitas es un Hechizo del Valor. A ver si se me ocurre alguno... —El mago se lo pensó un momento. Después chasqueó los dedos—. ¡Ya está! ¡Rápido, Wigluf! Acércate antes de que se me olvide. —Se remangó las mangas de la túnica, alargó las manos hacia Wiglaf y empezó a mover los dedos—. Ahora me concentro y... *Las rosas son rojas. Las violetas son azules. El azúcar es...*

—Pe-perdone, señor mago... —lo interrumpió tímidamente Wiglaf.

Zelnoc le lanzó una mirada llena de reproche.

—¡Por mil varitas rotas, chico! ¡No hay que interrumpir nunca a un mago mientras hace un hechizo! —exclamó irritado.

Wiglaf se ruborizó.

—Pero... ¿está seguro de que es el hechizo que necesito? —preguntó.

El mago reflexionó.

—Puede que tengas razón. —Se rascó un poco más la barba, pensativo—. Vamos a ver... era así... no. ¡Por todos los sapos! —exclamó al fin—. ¡No me acuerdo! Llamaré a Zizmor... ¡Él no se equivoca nunca! —Cerró los ojos y dijo—: ¡Romziz, Romziz, Romziz!

No pasó nada. Zelnoc no se dio por vencido.

—Romziz, Romziz, Romziz.

Tampoco ahora pasó nada.

—¡Por todas las sanguijuelas! —rugió el mago. Tiró al suelo el sombrero de punta y empezó a saltar encima de él, gritando a todo pulmón—: ¡Romziz, Romziz, Romziz!

De repente el gallinero se llenó de humo. De humo rojo. Humo amarillo. Humo violeta pálido. Las gallinas salieron de sus nidos y se alejaron cacareando.

73

—*¡Orre-cus, Iglaf-wus!* —gritó Daisy.

Pero Wiglaf no se movió. Se quedó mirando el humo, que giraba y se recogía formando columnas. Al final de cada una de las columnas

apareció un mago con un traje del mismo color que el humo.

Los recién llegados no parecían contentos y miraban a su alrededor refunfuñando.

—¿Zelnoc? —susurró Wiglaf—. ¿Todos estos son amigos tuyos?

—¡Polvos y pociones! —chilló Zelnoc—. ¡He convocado a todo el congreso!

Un mago muy alto con la túnica roja golpeó el suelo con su varita mágica. Los demás callaron al instante.

—¿Quién me ha llamado? —tronó el mago rojo.

—Yo... yo... bueno... —balbuceó Wiglaf—. Es que Zelnoc ha pensado que...

—¡Zelnoc! —El recién llegado se volvió hacia él—. ¡Debería haberlo imaginado!

—Lo siento —se disculpó Zelnoc. Recogió el sombrero hecho trizas y se lo puso en la cabeza—. Yo solo quería llamarte a ti, Ziz, te lo juro.

Zizmor el Asombroso sacudió la cabeza y resopló:

—Qué se le va a hacer, ya que estoy aquí... ¿Qué quieres?

Zelnoc empujó a Wiglaf.

—Mañana este pobre muchacho tendrá que enfrentarse a Seetha... —empezó.

—¿A Seetha? —Zizmor se había quedado con la boca abierta—. ¿La Abominable Bestia del Este?

—Pues sí, exactamente, señor Asombroso —respondió Wiglaf, que empezaba a desesperarse.

Un murmullo quedo de asombro se levantó entre los magos:

—¡Ah, está perdido! ¡Pobrecillo! No tiene ninguna posibilidad de conseguirlo...

—Por eso te he llamado, Ziz —siguió Zelnoc—. El chico necesita tu Hechizo del Valor.

Zizmor arqueó una ceja.

—Por casualidad, acabo de inventar un nue-

77

vo Hechizo del Valor. Pero todavía está en fase experimental y no estoy seguro de su éxito.

—¡Querría probarlo, de todos modos! —exclamó Wiglaf—. ¡Por favor, señor Asombroso! ¿Puede ayudarme?

—Por supuesto que puedo. Y lo haré encantado. ¡Aquella bestia bruta me quemó el castillo! —se indignó Zizmor—. Para pasar el rato... un día sobrevoló por allí y lo quemó. —Zizmor sacudió la cabeza desconsolado—. Desde aquel día está lleno de albañiles, yeseros, fontaneros y picapedreros... ¡Y me da algo solo de pensar a cuánto subirá la factura! —Cerró los ojos, e inspiró y espiró a fondo para calmarse—. Vamos, chico —exclamó abriendo los ojos—. ¿Estás preparado para mi famoso Hechizo del Valor?

—Creo que sí, señor —contestó Wiglaf.

—Entonces, te daré una dosis doble —dijo Zizmor—. No, triple. Mi Triple Hechizo no dura mucho... pero, mientras funciona, ¡es muy eficaz!

—*Uena-bus uerte-sus, Iglaf-wus* —susurró Daisy.

Wiglaf cruzó los dedos: estaba preparado para el hechizo. «Esperemos que este mago sepa lo que se hace, o estoy perdido», fue su último pensamiento.

Zizmor el Asombroso pidió a su séquito de magos que formaran un círculo en torno a Wiglaf. Después, todos a la vez alargaron las manos hacia el chico. Zizmor puso su varita mágica de diez velocidades sobre la cabeza de Wiglaf. Y en voz baja pronunció el hechizo:

*Transformemos a un pícarón
con el valor de un pinzón!
¡Cobarde, gallina,
capitán de la sardina!
¡Desde hoy Wiglaf el Gran Miedica
será Wiglaf Corazón de León!*

La varita mágica de Zizmor empezó a desprender rayos y centellas. ¡ZOT! ¡ZOT! ¡ZOT!

Los rayos chispeaban y chasqueaban en torno a Wiglaf. Después se levantó un viento impetuoso y los magos empezaron a girar vertiginosamente ante los ojos del chico. Wiglaf se desmayó. Cuando recuperó el conocimiento, estaba echado sobre el suelo del gallinero.

La cara de Zelnoc estaba muy cerca de la suya.

—Chico, ¿me oyes? —gritó—. ¡Háblame!

¡Qué valor, Wiglaf!

—¿Dónde está Seetha? —rugió Wiglaf poniéndose de pie—. ¿Dónde está ese dragón gallina? —chilló mirando a su alrededor—. Seguro que ha ido a esconderse a alguna parte.

—¿No decías que llegaba mañana? —preguntó Zelnoc estupefacto.

—¡No puedo esperar a mañana! —gritó Wiglaf, olvidándose por un momento del peligro.

Recogió del suelo su yelmo con cuernos de carnero y se lo puso en la cabeza.

81

—Debo salvar al mundo de la Abominable Bestia del Este, ¡hoy! —Desenvainó la espada y la blandió en el aire—. ¡Le cortaré la cola a rebanadas! —Se echó hacia delante y gritó—: ¡Chúpate esta, dragón de poca monta!

—¡Por mil pociones mal preparadas! —exclamó Zelnoc—. Creo que el Triple Hechizo ha sido demasiado fuerte, Ziz.

—¡Tonterías! —contestó Zizmor el Asombroso. Se volvió hacia los demás magos—. Hemos terminado aquí. Volvamos al congreso... Esta noche os tengo preparado un baile con barra libre.

—¡Eh, espérame, Ziz! —le suplicó Zelnoc—. ¡Buena suerte, Woglif!

—¿Suerte? ¿Quién necesita suerte? —rugió Wiglaf—. ¡Yo no! ¡Porque yo tengo el valor!

—Pobres de nosotros... —suspiró Zelnoc, mientras el humo llenaba de nuevo el gallinero.

Diez segundos después, todos los magos habían desaparecido.

Wiglaf se precipitó fuera del gallinero. Tenía la cara roja, agitaba la espada y gritaba:

—¡Prepárate, Seetha! ¡Voy a por ti!

Cruzó el patio del castillo corriendo.

—¿Te gusta divertirte? —gritó Wiglaf—. ¡Bien! ¡Ya veremos quién ríe el último!

Los alumnos de Primero estaban haciendo un Concurso de Barrido (otro truco de Mordred para hacer limpieza).

—¡Wiglaf! —gritó Erica corriendo a su encuentro, junto con Angus—. ¿Dónde has estado? ¡Te hemos buscado por todo el castillo!

Angus le dio un pergamino.

—Esto es una lista de palabras que empiezan por *ba*. ¡Estoy seguro de que tarde o temprano encontraré el punto débil de Seetha!

—¡Basta! —gritó Wiglaf—. ¡Me importa un rábano el punto débil de Seetha! ¡Me enfrentaré a ella con mi espada!

Los ojos de Erica se abrieron mucho.

—¡Wiglaf! ¿Qué te ha pasado? ¿Adónde vas?

—¡Voy a buscar a la Abominable Bestia del Este! —aulló Wiglaf—. ¡Cuando la encuentre la reduciré a confeti!

—¡Así me gusta, Wiglaf! —aprobó Erica levantando la mano en señal de victoria—. ¡Por fin hablas como un verdadero CazaDragones!

Wiglaf atravesó impertérrito el portal del castillo y se dirigió hacia el puente levadizo. Eri-

ca y Angus tuvieron que correr para poder seguirlo.

—¡Mirad! —gritó Angus señalando hacia el puente levadizo—. ¡Está llegando un extraño ser!

Wiglaf desenvainó la espada.

—No tengas miedo, Angus. ¡Yo te protegeré! —tronó Wiglaf—. ¿Dónde está ese horrible monstruo?

Miró hacia donde le indicaba su amigo: un conejo gigante se estaba acercando al castillo a grandes saltos.

—¡Corred! —gritaba el conejo—. ¡Corred!

Wiglaf guardó la espada en la funda. No había llegado el momento de utilizarla.

—Eh, chicos, ¿no le habéis oído? —exclamó Angus—. ¡Rápido! ¡Corramos a escondernos al castillo!

Mientras tanto, el conejo había llegado a su lado.

Wiglaf vio que en realidad no se trataba de un conejo.

—¿Yorick? —preguntó—. ¿Eres tú?

—Soy yo —reconoció el ayudante de Mordred—. He venido a avisaros de que mis previsiones estaban equivocadas. Seetha no llegará mañana a mediodía. Hice mal las cuentas: debería haber multiplicado la velocidad del viento por el ancho de las nubes de humo y después dividir...

—¿Qué quieres decir? ¿Seetha no llegará mañana? —rugió Wiglaf.

—Seetha llegará al mediodía, ¡pero del jueves! —contestó Yorick.

—¡Pero el jueves es hoy! —exclamó Angus—. ¡Y ya es casi mediodía!

—Eso es —dijo Yorick—. ¿Adivináis qué...? ¡Seetha está al caer!

Wiglaf miró hacia el cielo: en el horizonte se estaba acercando una gigantesca y amenazadora nube negra.

El chico se ajustó el yelmo y se quitó la piel de lobo. Desenvainó la espada y se quedó esperando en el puente levadizo, en pose de valeroso caballero.

—¡Seetha, no tienes salvación! —rugió—. ¡Porque he nacido para cazarte!

Yorick empezó lentamente a retroceder.

Después se volvió y corrió hacia el castillo con toda la velocidad que le permitía su disfraz de conejo.

—¡Está aquí! —gritó—. ¡La Abominable Bestia del Este está aquí!

Mordred se asomó a la ventana de su estudio.

—¡Por mil directores desafortunados! —gritó mirando a su alrededor—. ¿Seetha está aquí?

—¡No tenga miedo, director! —tronó Wiglaf—. ¡Le defenderé yo!

Mordred levantó los ojos al cielo y resopló:

—Sí, claro... —Cogió un silbato y sopló hasta que la cara se le puso roja como el pijama—. ¡Entrad todos en el castillo! —gritó—. ¡Rápido! ¡Muévete, Angus! Tú también, Eric.

—¡No! —exclamó Erica—. ¡Me quedaré a combatir al dragón!

—Entonces yo también... también debería quedarme —balbuceó Angus.

Wiglaf miró al cielo. La nube estaba cada vez

más cerca. Olfateó el aire... se sentía un olor desagradable. ¡Apestaba a huevos podridos!

—¡Angus! —chilló Mordred—. ¡Entra enseguida! ¡Tu madre no me lo perdonaría nunca si dejara que te enfrentaras a un dragón!

—Lo siento, Wiglaf. —Angus se encogió de hombros. Después se metió en el castillo a una velocidad sorprendente.

La nube estaba ya sobre la escuela y el olor a huevos podridos era insoportable.

—¡Eric, métete dentro del castillo! —rugió Mordred.

Un trueno retumbó dentro de la nube.

—¡No! —gritó Erica—. ¡Nunca abandonaré a un amigo en peligro! ¡Lo dice el *Manual de Sir Lancelot, Regla número 37*!

—Si no entras ahora mismo —gritó Mordred—, ¡tendrás que devolver la medalla al mejor Aspirante a CazaDragones del Mes!

Erica palideció y apretó la medalla con las manos.

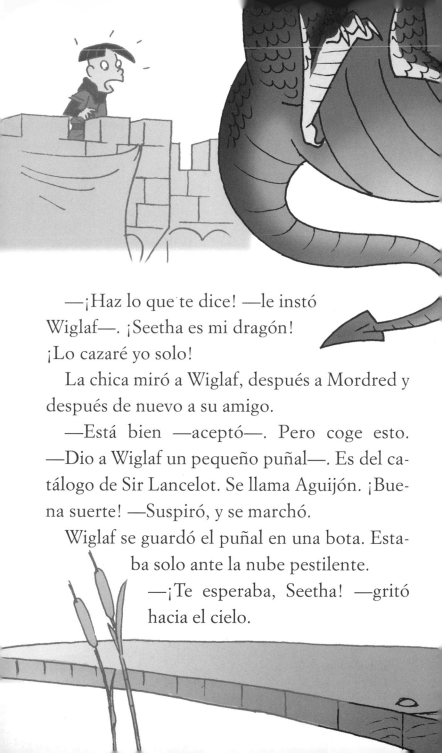

—¡Haz lo que te dice! —le instó
Wiglaf—. ¡Seetha es mi dragón!
¡Lo cazaré yo solo!

La chica miró a Wiglaf, después a Mordred y
después de nuevo a su amigo.

—Está bien —aceptó—. Pero coge esto.
—Dio a Wiglaf un pequeño puñal—. Es del ca-
tálogo de Sir Lancelot. Se llama Aguijón. ¡Buena suerte! —Suspiró, y se marchó.

Wiglaf se guardó el puñal en una bota. Estaba solo ante la nube pestilente.

—¡Te esperaba, Seetha! —gritó
hacia el cielo.

La nube empezó a descender. Después, del humo emergió un horrible monstruo.

—¡YA NO TENDRÁS QUE ESPERAR MÁS! —gritó.

La Abominable Bestia del Este desplegó las alas y aterrizó sobre el puente levadizo.

Era un dragón verdaderamente aterrador... con dos ojos amarillos terribles y dos hileras de dientes centelleantes y afilados como espadas. Por si eso no bastara, apestaba una barbaridad.

Por un momento, Wiglaf deseó que Zizmor el Asombroso lo hubiera transformado en Wiglaf Nariz Tapada.

—¿DÓNDE ESTÁ EL CABALLERO QUE REDUJO A UN MONTÓN DE CENIZAS A MI PEQUEÑÍN? —rugió el dragón—. ¡QUE SE PRESENTE, SI TIENE VALOR!

¡Llega el dragón!

—¡**Aquí estoy!** —gritó Wiglaf.

—¿TÚ? —Seetha hizo una mueca, mostrando una doble hilera de dientes afilados—. ¿TÚ, PEQUEÑA PULGA INSIGNIFICANTE?

—Yo cumplí la misión —gritó Wiglaf—. ¡Yo, Wiglaf de Pinwick, CazaDragones!

—¡ENTONCES ES QUE ADIVINASTE SU PUNTO DÉBIL! —soltó Seetha estupefacta. Grandes lágrimas anaranjadas rodaron por sus mejillas escamosas—. ¡MI DRAGONCI-

LLO ERA UNA MONADA! —lloriqueó—. ¡ERA GLOTÓN, PEREZOSO, MALEDUCADO Y CRUEL! ¡Y LO LIABA TODO SIEMPRE QUE PODÍA! ERA... ¡ERA PERFECTO DE VERDAD! —Seetha se secó su nariz llena de mocos con una garra—. ¡YA ESTÁ BIEN DE CHÁCHARA! —rugió.

Levantó el vuelo y aterrizó sobre la torre más alta del castillo. Abrió la boca y soltó una enorme llamarada, que incendió el maniquí del Viejo Blodgett, el dragón falso que el preparador Wendell Plungett utilizaba para las prácticas.

Mordred se asomó de nuevo a la ventana de su estudio y gritó:

—Querida señora dragona, perdóneme si...

Seetha se volvió de repente hacia él.

—Y TÚ ¿QUIÉN ERES?

—Mordred, Vuestra Escamosidad. Soy el director de la Escuela de CazaDragones... ejem... quería decir de esta escuela. —Se inclinó humildemente—. Diviértase con el chico, si lo de-

sea. Pero sea buena y no le pegue fuego a mi castillo.

Seetha lanzó otra llamarada cerca de la cabeza del director. Mordred se pegó un susto de muerte y desapareció rápidamente de la ventana.

La Abominable Bestia del Este aterrizó ahora delante de Wiglaf.

—Y AHORA, QUERIDO MÍO, ¿QUÉ HACEMOS? —rugió.

Sin el menor temor, Wiglaf agitó la espada en el aire, y con un potente grito de batalla se lanzó contra el dragón.

Los ojos de Seetha se abrieron por la sorpresa. De una patada hizo caer la espada de la mano de Wiglaf y con otra le golpeó. El chico cayó rodando y se paró al borde del foso. Antes de que pudiera levantarse, Seetha lo agarró por las mallas con una de sus largas garras. Después desplegó las alas y levantó el vuelo.

Wiglaf se balanceaba en el aire, mientras el dragón le hacía subir cada vez más.

—¡Suéltame, apestosa! —gritó—. ¡Ni un millar de mofetas apestan tanto como tú!

Seetha sonrió.

—GRACIAS POR EL CUMPLIDO —dijo—. ¡QUE EMPIECE AHORA LA DIVERSIÓN! —Aterrizó de nuevo sobre la torre más alta del castillo y balanceó al pobre Wiglaf en el vacío, justo sobre el foso.

El chico miró hacia abajo. Centenares de anguilas lo miraban chasqueando las mandíbulas.

—¡No me das miedo, Seetha! —gritó sacando a Aguijón de una bota—. ¡Porque yo soy Wiglaf Corazón de León!

Sin embargo, de repente se apoderó de él una sensación de vértigo y todo se volvió negro. Wiglaf cerró los ojos y se desmayó.

Cuando recuperó el sentido, el Hechizo del Valor se había roto. Wiglaf Corazón de León ya no existía. Atrapado en las garras del dragón, ¡estaba Wiglaf el Gran Miedica!

¡Bien jugado, Wiglaf!

—¡**Auxiiiiilio**! —gritó Wiglaf mirando el agua del foso. El corazón empezó a latirle con fuerza. ¿Qué hacía él allí arriba, pillado en las garras de aquel monstruo?

¡El dragón podría haberlo asado! ¡O tostado! ¡O echarlo de comer a las anguilas!

Y... ¿qué era aquello que tenía en la mano? ¡Parecía un puñal! Podría clavárselo al dragón... pero la mera idea le ponía malo. Se estremeció y lo dejó caer.

—¡AU! —gritó Seetha. Aguijón le había dado en una pata—. ¡MI DEDO GORDO! —aulló soltando a Wiglaf.

El chico cayó al suelo dando un batacazo. Estaba todo magullado, pero por fortuna la gruesa túnica de piel y los calzones forrados habían parado el golpe. Poco a poco se levantó.

Seetha estaba saltando sobre la pata sana.

—¡QUÉ DOLOR! —rugía aleteando y fustigando el aire con la cola. Sin más ni más, perdió el equilibrio, osciló peligrosamente y se precipitó en el foso.

Una gran nube de vapor se levantó del agua.

—¡AUXILIO! —gritaba Seetha—. ¡AYÚDAME, TONTAINA!

Pero Wiglaf no era tan tontaina.

Seetha se agitaba y escupía agua por todas partes. Sus ojos amarillos estaban descoloridos y su cuerno parecía de goma.

—¡AYÚDAME! —lloriqueó—. ¡TE DARÉ UN MONTÓN DE ORO!

Antes de que Wiglaf pudiera responder, Mordred se asomó de nuevo a la ventana de su estudio.

—¿Oro? —gritó—. ¡Tú no tienes oro, Seetha! —exclamó—. ¡Lo saben todos!

La cabeza del dragón emergió del agua.

—¡OTRA VEZ ESE VIEJO PESADO! ¡TENGO MÁS ORO QUE DIEZ DRAGONES JUNTOS! LO TENGO ESCONDIDO EN EL BOSQUE OSCCCCU... —La dragona desapareció de nuevo bajo el agua.

El portal del castillo se abrió de golpe y Mordred se precipitó fuera. Empujó a Wiglaf y cayó de rodillas ante el foso.

—¡Seetha! —gritó—. ¡Seetha, querida!, ¿me oyes?

—¡GLU GLU... OOOOOOOOOOOORO-OOOOOOOOOO... GLU! —La dragona escupió un poco de agua al intentar salir a la superficie—. ¡SÁCAME DE AQUÍ Y EL ORO SERÁ TUYO!

101

—¿Mío? —gritó Mordred, mientras Seetha se hundía—. ¡Espera! ¡Vuelve! ¡Tenemos que hablar!

—¡OOOOOOOOROGLU... ORO GLUUUGLUUU! —dijo todavía el dragón. Y desapareció definitiva-mente.

—¡Resiste, Seetha! —gritó Mordred—.

¡Voy a salvarte! —Y el director de la Escuela de Caza-Dragones se lanzó al foso para salvar al dragón.

Pero fue inútil: la cabeza de Seetha no volvió a salir.

Mordred, en cambio, sí.

—¡Qué desgraciado soy! —se desesperó—. Un dragón invencible como Seetha... y ha bastado un poco de agua...

Ante aquella palabra, Wiglaf se puso de pie de un salto.

—¡Ahora lo entiendo! —exclamó—. ¡El baño! ¡Ese es el punto débil secreto de Seetha! ¡No podía bañarse! —Wiglaf sonrió satisfecho y se recolocó el yelmo con cuernos de carnero. Después, con la cabeza bien alta, cruzó el puente levadizo y entró en el castillo.

Aquella noche, en el gran comedor de la Escuela de CazaDragones, Mordred dio un discursito a sus alumnos.

—Chicos, no os ocultaré que estoy muy desilusionado —empezó—. Y hay un alumno, del cual no diré el nombre... —refunfuñó lanzando una mirada llena de reproche a Wiglaf—... que me ha decepcionado más que ninguno...

Wiglaf se puso rojo como un tomate e intentó esconderse detrás de una jarra de agua.

—Yo lo acogí en mi escuela, lo he tratado como a un hijo... ¿y cómo me lo ha pagado él? —suspiró—. ¿Le ha preguntado acaso a Seetha dónde tenía escondido su oro? ¡Noooooooooo! —aulló desesperado.

Wiglaf se hizo pequeño... pequeño.

—Ahora Seetha descansa en el fondo del foso —suspiró el director—, ¿y yo qué he obtenido? —Se sonó ruidosamente la nariz con un pañuelo rojo—. Un resfriado... ¡eso es lo que he conseguido! —Se tapó la cara con las manos y se echó a llorar.

Cazón entró de repente en la sala.

—Tengo malas noticias —empezó, acercándose al director—. ¡Cuando Seetha ha caído al foso se ha zampado a todas las anguilas!

Mordred levantó el rostro lleno de lágrimas.

—¿Qué? —balbuceó—. ¿Me estás diciendo que tengo que comprarles comida a estos pequeños glotones? ¡Oh, qué crueldad!

—Siento daros esta mala noticia, chicos —siguió Cazón—. Pero desde ahora ya no comeréis mis deliciosos platos a base de anguila...

Durante unos segundos, en el gran comedor reinó un silencio absoluto. Después todos los alumnos de la Escuela de CazaDragones se pusieron de pie y empezaron a aplaudir y a patalear el suelo, a silbar y a saltar de alegría.

Los alumnos de Primero levantaron a Wiglaf y lo pasearon a hombros.

—¡Viva Wiglaf! —gritaban—. ¡Viva nuestro héroe!

Después todos se pusieron a cantar:

¡No más anguilas, ni para el gato!
¡No más anguilas, en el plato!
¡Al valiente Wiglaf queremos
y desde hoy bien comeremos!

Wiglaf sonrió. No había podido derrotar a Seetha con la espada... y su valor era debido al hechizo de un mago. ¡Pero aquella noche se sentía como un verdadero héroe!

Índice

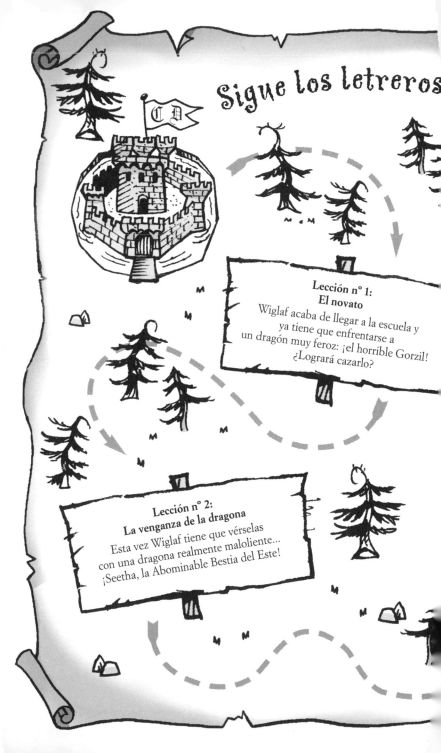

... ¡y conviértete tú también
en un CazaDragones!

Lección nº 3:
En busca del tesoro

Cada dragón custodia un tesoro...
Para encontrar el oro de Seetha,
Wiglaf tiene que emprender
un viaje largo y peligroso.

Lección nº 4:
El candidato ideal

¡Auxilio! Wiglaf está en peligro...
¿Quién lo salvará de las zarpas de
la terrible princesa Belcheena?
...iene cogido a Wiglaf, y en la boca del dragón!